Just Like You!

WRITTEN BY **Jean Groce**

ILLUSTRATED BY **Julia Gorton**

HARCOURT BRACE & COMPANY

Orlando   Atlanta   Austin   Boston   San Francisco   Chicago   Dallas   New York
Toronto   London

I'm big like you!

I'm tall like you!

I'm sad like you.

I'm happy like you!

I'm shy like you.

I'm funny like you!

I'm just like you!

8